Une inondation chez
M. COSTAUD

MONSIEUR MADAME

Publié pour la première fois par Egmont sous le titre *Mr. Strong and the Flood*.

Une inondation chez M. COSTAUD

Roger Hargreaves

hachette
JEUNESSE

Monsieur Costaud était incroyablement fort.
Si fort, qu'il en oubliait parfois sa propre force.

Comme l'autre jour…
Il pleuvait.
Monsieur Costaud enfila ses bottes en caoutchouc mais il tira si fort que son pied transperça sa botte.

Puis il sortit dehors et ouvrit son parapluie.
Mais il l'ouvrit si brusquement que le parapluie se retourna.

Alors, il voulut rentrer pour en prendre un autre... car monsieur Costaud possédait de nombreux parapluies.
Mais il tourna la poignée de sa porte si violemment qu'elle lui resta dans la main.
Pauvre monsieur Costaud ! Sa journée commençait bien mal !

Heureusement, quand on est aussi fort que monsieur Costaud, on n'a pas besoin d'une porte pour rentrer chez soi.

Sais-tu ce qu'il fit ?
Il empoigna un coin de sa maison et la souleva de terre.

Une fois qu'il eut pris un nouveau parapluie, puis ouvert et refermé sa porte très doucement cette fois-ci, il sortit faire sa promenade.

Comme je te l'ai déjà dit, il pleuvait.
Mais ce que je ne t'ai pas précisé, c'est qu'il pleuvait depuis des jours et des jours et même depuis presque une semaine !

La rivière située près de la maison de monsieur Costaud était sortie de son lit et commençait à inonder le pré. Monsieur Costaud descendit donc la route sous les arbres ruisselants.

Bientôt, il rencontra un fermier qui semblait très inquiet.
– Bonjour, dit monsieur Costaud. Que se passe-t-il ?
– Ce sont mes moutons, expliqua le fermier. Ils sont bloqués dans le pré qui est entouré par l'eau !
Je ne peux pas aller les chercher !
– Allons voir, le rassura monsieur Costaud.
Je pourrais peut-être vous aider.

Les pauvres moutons étaient en effet dans une situation
très délicate.
À chaque minute, le petit morceau de terre sur lequel
ils s'étaient réfugiés devenait de plus en plus étroit
car l'eau continuait de monter.

Monsieur Costaud nagea jusqu'à la petite île, prit deux moutons et refit le chemin inverse pour les mettre à l'abri.
– Oh bravo ! félicita le fermier. Le problème, c'est qu'il reste quatre-vingt-dix-huit moutons là-bas.
L'eau va bientôt tout recouvrir et vous n'aurez pas le temps de tous les ramener.
– Hum… réfléchit monsieur Costaud. Je crains que vous n'ayez raison. Mais j'ai une idée : puis-je vous emprunter votre grange ?

Le fermier sourit.

Toi aussi, tu souris car tu as certainement déjà
lu les autres histoires de monsieur Costaud.

Mais pour ceux qui ne les connaissent pas encore,
je vais te dire ce qu'il fit.

Il souleva la grange… oui, c'est ça, la grange tout entière… et la transporta jusqu'aux moutons.

Puis il fit monter tous les moutons dans la grange
en les comptant avec précaution pour être sûr
de n'en oublier aucun.
Enfin, il souleva à nouveau la grange contenant les
quatre-vingt-dix-huit moutons avant de les ramener
sains et saufs jusqu'au rivage.

– Oh ! Merci ! s'exclama le fermier au moment où ses moutons le rejoignaient au sommet de la colline.
– Comme quoi, il faut toujours avoir une grange sous la main, ça peut servir, parfois ! plaisanta monsieur Costaud avant de rentrer chez lui.

Ce soir-là, et il l'avait bien mérité, monsieur Costaud engouffra un énorme plat d'œufs brouillés, alla se coucher et…

… compta les moutons pour s'endormir !

RÉUNIS VITE LA COLLECTION ENTIÈRE

1 MME AUTORITAIRE · 2 MME TÊTE-EN-L'AIR · 3 MME RANGE-TOUT · 4 MME CATASTROPHE · 5 MME ACROBATE · 6 MME MAGIE · 7 MME PROPRETTE · 8 MME INDÉCISE

9 MME PETITE · 10 MME TOUT-VA-BIEN · 11 MME TINTAMARRE · 12 MME TIMIDE · 13 MME BOUTE-EN-TRAIN · 14 MME CANAILLE · 15 MME BEAUTÉ · 16 MME SAGE

17 MME DOUBLE · 18 MME JE-SAIS-TOUT · 19 MME CHANCE · 20 MME PRUDENTE · 21 MME BOULOT · 22 MME GÉNIALE · 23 MME OUI · 24 MME POURQUOI · 25 MME COQUETTE

26 MME CONTRAIRE · 27 MME TÊTUE · 28 MME EN RETARD · 29 MME BAVARDE · 30 MME FOLLETTE · 31 MME BONHEUR · 32 MME VEDETTE · 33 MME VITE-FAIT

34 MME CASSE-PIEDS · 35 MME DODUE · 36 MME RISETTE · 37 MME CHIPIE · 38 MME FARCEUSE · 39 MME MALCHANCE · 40 MME TERREUR · 41 MME PRINCESSE · 42 MME CÂLIN

DES **MONSIEUR MADAME**

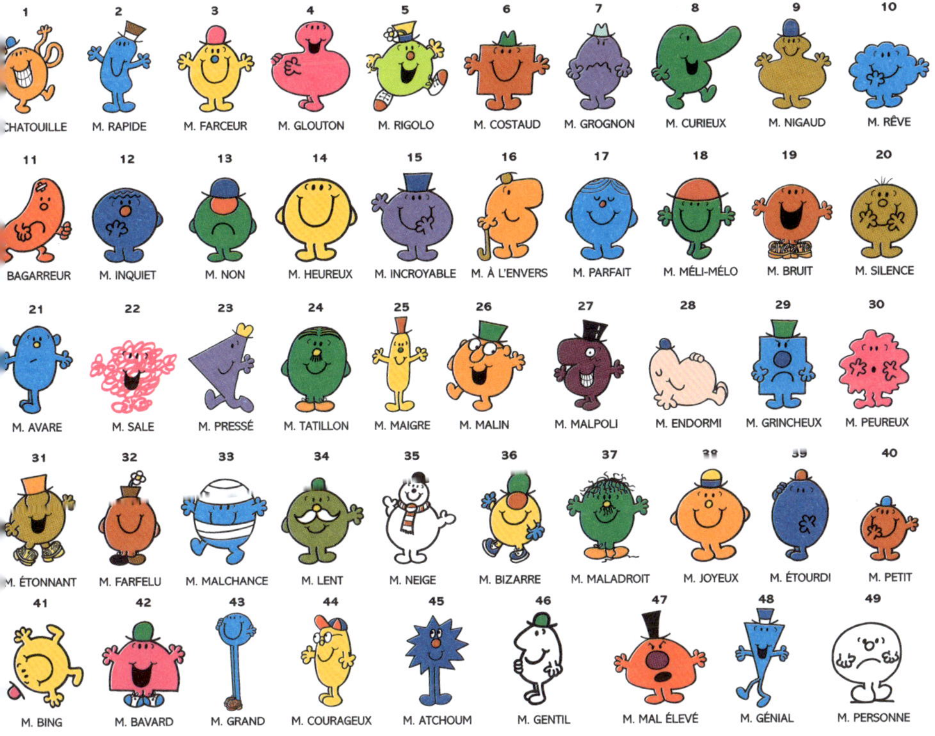

Traduction : Anne Marchand Kalicky.
Maquette : Anna Guillet.

Édité par Hachette Livre, 58 rue Jean Bleuzen 92178 Vanves Cedex.
Dépôt légal : avril 2013.
Loi n°49-956 du 16 juillet 1949 sur les publications destinées à la jeunesse.
Achevé d'imprimer par Rotolito en Roumanie.